우리는 꼬마작가다!

꼬마작가 책 만들기 프로젝트 001

우리는 꼬마작가다!

곽문규 곽보영 김도연 김유민 남예린
단예서 단예인 박경빈 박수빈 송시우
우다인 이소의 이시호 이우주 이유라
이유준 정유주 조여은 조유하 조이손 조하라

차례

곽문규 성남 미금초등학교 3학년

안녕하세요! 저는 미금초등학교 3학년 곽문규입니다. 제 취미는 축구와 야구입니다. 작년까지는 축구선수가 꿈이었고, 올해는 야구선수가 꿈입니다. 그리고 제가 요즘 가장 좋아하는 음식은 수박입니다! 너무 맛있어서 수박씨도 함께 먹어요!

작가의 말

책 만들기를 하면서 그림을 그리는 건 재미있었지만 글쓰기가 어렵다는 생각이 들었다. 내가 가장 좋아하는 음식을 아빠가 알게 되어서 기뻤고 글쓰기를 함께 도와주셔서 고마웠다. 책을 만드는 데 도움을 주신 분들, 모두 감사합니다.

©김남희

내가 가장 좋아하는 음식, 수박

내가 가장 좋아하는 음식은 수박이다.

시원하게 먹으면 정말 맛있다.

눈 오는 날에도 수박이 너무 먹고 싶어서

엄마에게 졸랐는데, 엄마가 대답하셨다.

"여름이 올 때까지 기다려야 해"

엄마의 대답을 듣고 나는 슬펐다.

지난주 자전거를 타고 오는 길에

수박이 보여서 엄마한테 바로 말했다.

"엄마 수박 사주세요!"

엄마는 아저씨께 물어보셨다.

"수박 얼마예요?"
아저씨가 대답하셨다.

"깎아달라고 하지 마세요!"

엄마의 얼굴이 빨개졌다.
"너, 왜 그래?"

나는 아저씨가 열심히 팔고 계시는데
가격을 깎으면 안 될 것 같다고 생각했다.

다행히도 엄마가 수박을 사주셨고,
집에 오자마자 아빠가 수박을
삼각형으로 잘라주셔서 함께 먹었다.

삼각형 모양이 아주 먹음직스러웠다.
다 먹고 나니 배가 터질 것 같았다.

정말 맛있었다.

엄마가 그만 먹으라고 하라는 말을

진작 들을걸, 하고 후회했다.

수박이 비싸지 않으면 좋겠다.

매일매일 먹을 수 있을 테니깐.

내일 또 수박이 먹고 싶을 것 같다.

©김남희

곽보영 성남 꿈터유치원 7세

안녕! 나는 꿈터유치원을 다니는 일곱 살 곽보영이야. 우리 식구는 아빠, 엄마, 오빠, 그리고 나야. 나는 아기 인형을 좋아해. 그리고 나는 아보카도를 많이 좋아해서 잘 때도 아보카도 잠옷을 입고 자!

작가의 말

아보카도가 맛있었다. 그래서 아보카도 그림도 그리고 글쓰기도 했다. 그림 그리기가 더 재미있고, 엄마 아빠랑 함께해서 즐거웠다.

나는 아보카도가 좋아요

나는 김밥을 좋아해요.
특히 아보카도가 들어있는 김밥이
진짜 맛있어요.

할머니는 아보카도를 먹는 나를
신기하게 쳐다보세요.

"보영이 먹으라고 할머니가 사 왔지!"
할머니가 아보카도를 사 오셨어요.

엄마한테 또
아보카도 김밥을 싸달라고 했어요.

엄마가 김밥 만드실 때,
옆에서 아보카도를 하나둘씩
손으로 집어 먹어요.

고소하고 말랑말랑한
아보카도의 맛은 최고예요.

아보카도의 초록색 몸은 멋져요.
김밥 먹을 때
아보카도가 없으면 서운해요.

매일 아보카도가 먹고 싶어요.

아보카도 잠옷을 입고

꿈에서도 아보카도를 먹고 싶어요.

"할머니! 아보카도 또 사주세요!"

김도연 성남 야탑초등학교 2학년

나는 성남 야탑초등학교 2학년 김도연이다. 내가 가장 좋아하는 것은 나 자신이고, 내가 되고 싶은 것은 언제든지 바뀔 수 있다. 왜냐면 나는 점점 자라나니까……. 지금은 건축가가 되고 싶다.

작가의 말

나는 처음에 책 만드는 게 간단한 건 줄 알았는데 이번에 직접 해보니 어려운 것이었다. 꼬마작가 프로젝트를 하면서 책에 대해 더 많은 것을 알게 되었다. 뿌듯하고 재밌었다. 내가 쓴 시, 그림이 책으로 나온다고 하니 조금 긴장이 된다.

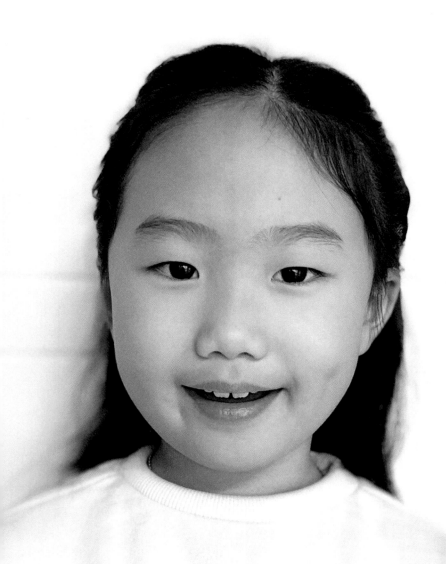

진진진진라면

맛있는 진라면
주말에 먹는 진라면
아빠가 요리한 진라면
후루룩 소리나는 진라면
여러가지 맛,
맛있다, 맵다
또 먹고 싶다

"맛있는 진라면!"
"진~짜 맛있는 진라면!"

김유민 화성 반송초등학교 2학년

나는 반송초등학교 2학년 김유민이야.
나의 꿈은 아이돌이고, 그림 그리기를 좋아해.
엄마, 아빠, 친구들과 함께해서 즐거웠어.

작가의 말

처음에 책을 만들러 왔을 때는 조금 힘들었지만, 두 번째 왔을 때는 그림 그리기를 해서 재미있었다. 문제가 있고 답을 쓴 걸 문장으로 만드는 것도 재미있었다.

사랑하는가족

내가 제일 좋아하는 사람은
엄마, 아빠야.

나는 엄마, 아빠를
태어났을 때부터 좋아했어.

왜 그 사람을 좋아했냐면
날 낳아주고 돌보아줘서
좋아하게 됐지.

엄마, 아빠랑 있으면
기분이 좋고,
행복하고,
기뻐.

그래서 나는
엄마, 아빠에게 이야기했어!

바로 이렇게
"엄마, 아빠! 사랑해!"

나는 엄마, 아빠와
하고 싶은 일도 많아.

엄마와는
그림 그리기, 음식 만들기,
영화 보기를 하고 싶어.

아빠와는
게임, 꽃 구경,
영화 보기를 하고 싶어.

남예린 성남 초림초등학교 2학년

안녕? 나는 초림초등학교 2학년 남예린이야. 나는 수영과 그림 그리기를 좋아해. 나에게는 솜솜이라는 강아지 가족이 있어. 그래서 수의사가 되고 싶어진 거야. 내 이야기를 들어줘서 고마워.

작가의 말

처음 이 책을 만들기 위해 글을 쓸 때는 힘들었어요. 그런데 그림을 그릴 때는 재미있었어요. 이제 기다리면 책이 나온다고 생각하니 마음이 설레요. 생각해 보니 힘든 적도 있었지만 즐거운 시간이었어요. 사람들이 책을 읽고 재미있다고 하면 좋겠어요. 읽어주셔서 감사합니다.

©박성미

나는 미래의 내 모습을 알아요

나는 아홉 살이에요.

나는 미래의 내 모습을 알아요.

궁금하다고요?

함께 떠나볼래요?

미래로 출발!
슝슝!

바쁘다, 바빠!
강아지 진찰하느라 너무 바빠요.

나는 강아지를 좋아해요.
아픈 강아지들을
치료해 줘요.

나는 내 미래의 모습이
좋아요!

단예서 안양 귀인초등학교 3학년

나는 단예서라고 한다. 나는 열 살이고 내 가족은 네 명이다. 장래희망은 선생님이다. 내가 좋아하는 색은 노란색이다. 그리고 내가 좋아하는 동물은 뱀이다. 왜냐하면 내가 뱀띠이기 때문이다. 나의 성은 단가다. 이 세상에 별로 없는 성이어서 별명이 '단무지'이다. 내가 좋아하는 운동은 태권도이다. 벌써 품띠이다. 하루빨리 검은띠를 따고 싶다.

작가의 말

나는 이 책을 쓰며 여러 가지 생각이 들었다. '아 이렇게 해도 될까? 아, 드디어 만들었다! 드디어 성공했다!' 등등 많은 생각이 내 마음을 스쳐 지나갔다. 처음 책을 내는 것이라 서툴고 힘들었지만, 매번 주말마다 운전해서 나를 서점에 데려다준 엄마도 힘들었을 것 같다. 이 책을 읽는 독자들도 우리의 힘듦을 알아줬으면 좋겠다. 하지만 다음에 또 기회가 찾아온다면 독자들이 더 많은 재미를 느낄 수 있는 나만의 책을 만들고 싶다.

역시 피자는 치즈피자

나는 피자를 좋아한다.

1년 전에 피자를 처음 맛보았다.

처음 피자를 먹게 된 건 즉흥적이었다.

피자를 먹어보고 싶었던 것이다.

나는 이런 생각이 들었다.

'우와! 이 피자를 만든 사람은 누굴까?'

나는 엄마한테 물어보았다.

엄마가 말씀하셨다.

"예서야, 이 피자를 만든 사람은 피자가게 요리사야."

나는 엄마의 말을 듣고 피자 요리사가 되고 싶어졌다.

하지만 지금 나의 꿈은 선생님이다.

그래도 난 괜찮다. 왜냐하면 내 꿈은 하루하루 더 성장하고 있으니깐 말이다.

나는 피자를 음미하며 한 조각 한 조각씩 먹었다.

피자에선 달달하고 먹음직스러운 냄새가 났다.

치즈를 먹을 땐 치즈가 쭈~욱 늘어나고, 치즈를 씹을 때는 쭈압쭈압 소리가 났다. 그리고 빵을 먹을 때엔 바사삭바사삭 소리가 나고, 토핑을 먹을 때엔 우걱우걱 소리가 났다.

피자를 먹으면서 나는 이런 생각을 했다.

'피자를 먹을수록 기쁨의 게이지가
하나하나씩 올라가
곧 폭발할 것 같아!'

쪽

쩝

쮸압

쩝쩝

쪽

단예인 안양 귀인초등학교 5학년

나는 안양 귀인초등학교에 다니는 열두 살 단예인이다. 생일은 2011년 5월 15일이고, 장래희망은 체육선생님이다. 좋아하는 것은 쇼핑하기, 친구들과 놀기이다. 특기는 제자리멀리뛰기, 달리기이다. 체육을 하면 기분이 상쾌하고 내가 잘하는 과목이라 그런지 자신감이 쑥쑥 올라간다. 나의 성은 정말 특이한 단가이고 왼손잡이다. 이 세상에 단가에 왼손잡이는 나밖에 없을 것 같다. 이 세상을 특별한 사람으로 살아가는 것 같아 기분이 좋다.

작가의 말

이번에 책을 내면서 가장 재미있었던 때는 그림 그리기였고, 힘들었던 때는 프로필 사진을 찍을 때였다. 이런 새로운 경험들이 나를 조금씩 더 성장시키는 것 같다. 이 책이 잘 팔릴지는 모르겠지만 나의 첫 번째 책을 읽어준 독자들에게 감사한 마음을 항상 가질 것이다.

©강인숙

나의 최애 음식, 연어초밥

연어초밥은 나의 최애 음식이다.

왜냐하면 연어는 씹을 때 매우 부드럽고, 연어초밥의 밥은 짭조름하기 때문이다. 참고로 나는 짭조름한 음식을 좋아한다. 그러면 우리 엄마는 나중에 커서 고혈압에 걸린다고 잔소리를 늘어놓는다. 아무튼 나의 최애음식인 연어초밥을 먹을 때면 마치 가족들과 소풍을 간 것처럼 기분이 좋아진다.

연어초밥을 처음 먹어본 것은 1년 전이었다.

"예인아, 연어 먹어볼래?"

앞집 친구가 나에게 물었다. 나는 연어를 먹어본 적이 없었지만 맛있을 것 같아서 연어를 덥석 받았다. 하지만 내 예상은 틀렸다. 처음엔 밋밋하고 맛이 없었다. 나는 속으로 이런 생각을 했다.

'아우, 맛없어. 다음부턴 이런 회 종류는 절대 먹지 않을 거야!'

그런데 이 생각은 작심삼일로 무너지고 말았다. 처음 맛보았던 연어 맛이 자꾸 생각나서 나는 외치고 말았다.

"엄마! 전에 앞집 친구가 줬던 연어초밥 다시 먹어볼래!"

점점 먹을수록 연어초밥이 내 입에 들어오려고 줄을 서 있는 기분이 들었다. 이런 현상이 연어초밥 중독증상 같기도 했다.

아무튼 나는 이제 연어초밥을 많이 좋아하게 됐고 연어초밥이 내 최애 음식으로까지 등극하게 되었다.

"연어초밥아, 사랑해!"

박경빈 성남여수초등학교 3학년

나는 성남여수초등학교에 다니는 3학년 박경빈이다. 나는 보석을 좋아한다. 내 탄생석은 사파이어다. 내가 좋아하는 책은 《해리포터》이고, 해리포터 스튜디오가 있는 영국에 한번 가보고 싶다. 나는 피아노를 치는 게 취미다. 피아노를 치고 있으면 기분이 좋아진다. 한때는 보석을 너무 좋아해서 보석 디자이너가 되고 싶었고, 지금은 피아니스트가 되고 싶다.

작가의 말

어머니가 책을 만들 수 있는 체험이 있다고 하셔서 한번 도전해 보는 것도 좋을 것 같아 참여해보았다. 책을 만들어보니 말로 하는 것과는 차원이 달랐다. 나는 첫날과 다르게 글 쓰고 그림 그리는 일에 점차 적응을 잘해갔다. 솔직히 나는 작가가 되고 싶지는 않았지만, 얼떨결에 되어버려서 기분이 어색하다. 그렇지만 책을 만들 때의 이 작은 노력이 앞으로의 나의 꿈을 더욱 더 응원해주는 것 같다.

경빈이가 좋아하는 음식들

내가 좋아하는 음식은 대표적으로 세 가지다.
바로 오일파스타, 레모네이드, 스테이크다.

최근에 가장 맛나게
먹은 음식은 엄마가 만
들어주신 오일파스타다.

우리 엄마는 내가 먹고 싶다는 음식을 바로 잘 만들어
주시는데 그날도 갑자기 파스타가 먹고 싶어서 엄마께 말
씀드렸더니 뚝딱! 하고 맛나게 만들어주셨다. 오일파스타
는 고소하고, 매콤하며, 짭조름하니 맛나다.

특히 파스타 씹을 때 오물오물 나는 소리가 재미있다.

"으음! 맛있다!"

나는 감탄이 절로 나왔다. 그 모습을 본 엄마가 흐뭇하게 미소 지으셨다.

'다음에 또 먹어야지!'

나는 다짐을 해보았다.

나는 아직도 내가 맛나게 먹었던 음식들이 자주 머릿속에 아른거린다.

박수빈 성남여수유치원 6세

나는 성남 여수유치원 미소반에 다니는 예쁜 박수빈이다. 나는 고양이를 좋아
해서 고양이 박사가 되고 싶다. 우리 집에는 레오라는 귀여운 고양이가 있다.
나를 닮아 애교가 많은 편이다. 나는 수영장에서 매일매일 수영하고 잠수도
하고 싶다. 나는 그림 그리기를 좋아한다.

작가의 말

책을 만드는 체험이 있다고 해서 언니 따라 구경 왔는데 나도 책 만드는 작가
에 도전하게 되었다. 아직 글을 잘 쓰지 못해 엄마가 옆에서 도와주셨지만 나
도 진짜 작가가 된 듯해서 기분 좋았다. 책을 만들면서 글도 쓰고 그림도 그려
보았는데 이런 경험은 힘들기도 했지만 뿌듯하고 재미있었다. 이제 곧 나의
책이 나온다니 설렌다.

©김희준

수빈이가 가장 좋아하는 친구

내가 제일 좋아하는 사람은

단짝 친구 도경이다.

어린이집 다닐 때부터 도경이랑 놀다 보니

점점 좋아졌다.

도경이랑 함께 놀면 좋고 행복한 기분이 든다.

하지만 도경이한테는 아직 좋아한다고 말하지 못했다.

왜냐하면 조금 쑥스럽기 때문이다.

도경이랑 함께 하고 싶은 건 소꿉놀이다.

다음에 만나면 꼭 소꿉놀이도 해야지.

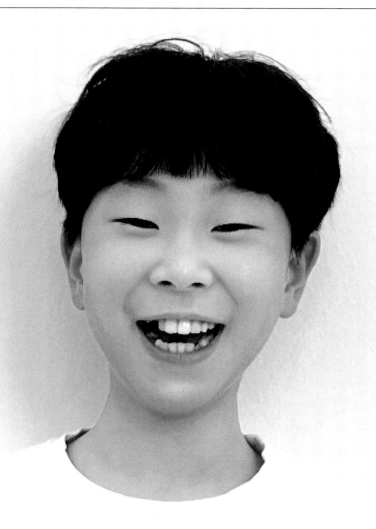

©송민영

송시우 성남 하탑초등학교 4학년

나는 하탑초등학교 4학년 송시우입니다. 나의 가족은 엄마, 아빠, 나 이렇게
세 식구입니다. 내가 이 책을 쓰게 된 계기는 〈이매문고〉에서 〈꼬마작가 책
만들기 프로젝트〉를 한다고 해서 참여하게 되었습니다.
내가 좋아하는 음식은 김치볶음밥이고 그래서 이 글을 쓰게 되었습니다. 나는
자동차를 좋아해서 RC카 조종하는 것을 좋아하고 그래서 어른이 되면 자동
차 디자이너가 되는 게 꿈입니다.

작가의 말

나는 이 책을 만드는 과정에서 했던 그림 그리는 것과 나의 이야기를 글로 쓰
는 것 모두 너무 재미있었다. 하지만 작가 소개글을 쓰는 것은 조금 힘들었다.
이번 프로젝트에 참여하여 글을 쓰면서 논리적으로 생각하는 힘이 생긴 것 같
아 뿌듯했다. 이 책을 읽는 독자들께 기회가 된다면 꼭 한번 책을 만들어보라
고 추천하고 싶다.

내가 좋아하는 김치볶음밥

방학 어느 날, 나는 배가 고팠다.

"지난번에 엄마가 해줬던 맛있는 김치볶음밥 만들어주세요."

나는 아빠한테 부탁했다.

아빠는 김치볶음밥을 만들어주셨고 김치볶음밥을 씹자 아삭아삭 소리가 들려왔다.

"너무 맛있어요!"

'엄마도 같이 먹었으면 좋았을 텐데' 라는 생각이 들었을 때 엄마가 문을 열고 들어왔다.

"엄마 거는 남겨놨니?

"아뇨…… 다 먹어버렸어요."

너무 미안한 마음에 아빠한테 몰래 가서
다음에 엄마 것도 꼭 해달라고 부탁했다.
다음에는 꼭 엄마도 같이
먹었으면 좋겠다고 생각했다.

우다인 성남여수초등학교 3학년

나는 성남여수초등학교 3학년 우다인이다. 나의 꿈은 선생님이다. 우리 가족은 엄마, 아빠, 나, 동생이다. 내가 읽었던 책 중에 가장 재미있었던 책은《제로니모의 환상모험》이다. 다른 제로니모 책 시리즈도 보고 싶다.

작가의 말

나는 이 책을 만들 때 그림 그리는 게 제일 좋았다. 나는 원래 그림 그리는 걸 좋아했었다. 나는 이 책을 만들게 도와준 사람들에게 고맙다. 책을 만들 때는 김서령 작가님이 제일 많이 도와주셨고 엄마는 프로필 사진을 찍어주셨다. 그리고 아빠는 일요일마다 책을 만드는 데 데려다주셨다. 나는 이 책을 읽어주시는 분들께 정말 감사하다.

©백선영

정말 정말 맛있는 음식

　내가 제일 좋아하는 음식은 아주 많지만 한 가지를 고르면 쌀국수다. 나는 지난 토요일에 쌀국수를 먹었다.

　나는 엄마에게 말했다.

　"엄마, 오늘은 쌀국수 먹자."

　그래서 우리 가족은 식당에 갔다.

　요리사가 쌀국수를 요리했다.

　쌀국수와 볶음밥과 분짜가 나오자 군침 도는 냄새가 났다. 내가 말했다.

　"잘 먹겠습니다!"

　쌀국수를 먹을 때 "후루룩!"소리가 났다.

　쌀국수를 다 먹었는데 아빠가 느리게 먹어서 내가 "빨리 집에 가자."라고 말했다.

　쌀국수가 정말 정말 정말 맛있었다.

이소의 성남 송현초등학교 5학년

안녕하세요. 저는 성남 송현초등학교 5학년 이소의입니다. 저의 꿈은 동물들을 보살펴주고, 치료해주는 수의사입니다. 저는 만들기, 요리 등을 취미로 하고, 글쓰기도 좋아합니다.

작가의 말

안녕하세요. 꼬마작가 이소의입니다. 저는 글을 쓰면서 "독자들이 어떻게 하면 나의 글을 잘 이해할 수 있을까?"라고 생각하며 글을 더 구체적으로 쓰려고 노력했습니다. 저는 어릴 때부터 글을 많이 써본 탓인지 이번에 더 쉽게 쓴 것 같습니다. 그리고 글에 맞는 그림을 그릴 때 여러 번 수정을 하며 완성할 수 있었습니다. 책을 만드는 과정은 생각보다 더 재미있고, 한 단계 한 단계를 넘어갈 때마다 더욱 더 기대하게 되었습니다. 독자 여러분! 제 글을 재미있게 읽어주세요.

언제나 1위

나는 우동을 좋아한다.

난 어렸을 때부터 우동을 좋아했다.

우동을 처음 먹은 순간을 기억한다.

어느 날 엄마가 말씀하셨다.

"우리 우동 먹을까?"

"좋아요!"

"좋지!"

오빠와 아빠가 찬성했다.

그 순간 나는 우동이 뭔지 몰라서 내 머릿속은 물음표로 순식간에 가득 차버렸다. 잠시 뒤 엄마가 말씀하셨다.

"소의야, 아빠랑 같이 우동 사 올래?"

그래서 난 아빠를 따라나섰다.

나는 아빠와 차를 타고 수내역에 있는 우동 가게에 갔다. 우동 가게에서 나는 아빠를 도와 포장된 우동과 만두를 들었다. 찰랑찰랑 흔들리는 음식은 꽤 무거웠다.

우리 가족은 집에 돌아와 포장된 음식을 꺼내어 늘어놓았다. 모두 각자의 우동을 끌어가 가슴 앞에 두었고, 만두는 한가운데에 놓고 맛있게 먹기 시작했다. 하지만 나는 우동이 맛이 없을까 봐 두려워 바로 먹지 못하고 있었다.

"소의야, 우동 진짜 맛있어. 한 가닥 먼저 먹어 봐."

엄마는 호기심이 가득한 눈빛으로 바라보고 계셨다.

그래서 나는 용기를 내어 우선 국물을 숟가락에 사알짝 떠서 맛을 보았다. 하지만 우려와는 다르게 고소하면서 입안을 감도는 향이 마음에 쏙 들었다.

단지 국물맛만 보았을 뿐인데, 내가 먹어본 음식 중에서 바로 가장 맛있는 음식 1위로 등극해 버렸다. 나는 부푼 기대를 가지고 '면은 얼마나 맛있을까?' 상상하며 면을 먹어보았다.

　내가 예상한 대로 엄청 맛있었다. 면은 내가 좋아하는 오동통한 면이어서 더 맛있게 느껴진 것 같다. 그리고 우동을 단무지와 함께 먹으니 둘은 환상의 짝이란 걸 느낌적인 느낌으로 알아챘다. 나는 정신을 차리고 우동을 향해 집중했다.

　우동을 흡입한 나는 엄마께 "엄마, 우동은 왜 이렇게 맛있어?" 라고 연신 감탄사를 쏟아부으며 열심히 먹었다. 내 말을 들은 엄마는 흐뭇하게 미소를 지으셨다.

　그 후로 나는 지금까지 우동을 좋아하고 있다.
　나의 우동 사랑은 아마도 평생 갈 것 같다.

이시호 부천중앙초등학교 3학년

나는 2013년 1월에 태어난 이시호다. 엄마, 아빠의 하나밖에 없는 아들이다. 운동을 좋아하고 태권도를 배우기 시작했다. 쓴 책으로는 《괴물의 소동》이 있다. 싫어하는 음식은 채소, 된장국, 청국장이다.

작가의 말

글 쓰고 그림 그리고 작가 사진도 찍으니 뿌듯했다. 가장 힘들었던 건 사진 찍기였다. 두 번째 책을 써서 더 재밌었다. 내 그림이랑 무척 비슷하게 그린 그림이 있어서 그 그림이 있는 전시회에 가서 그림도 보고 작가님이랑 사진도 찍었다. 이 책을 읽어주신 독자들에게 감사 인사를 전하고 싶다.

라면이 최고!

아빠가 구워주는 육즙이 좔좔 흐르는 스테이크는 언제 먹어도 맛있다.

내 생일날이 아니어도 엄마가 끓여주는 미역국도 맛있게 먹는다.

바삭바삭 맛있게 구운 생선구이는 생각만 해도 침이 나고, 중국집에 가면 해물이 가득 들어간 짬뽕을 꼭 시킨다. 짜장 소스에 비벼 먹는 짜장밥은 엄마한테 같이 먹자고 해서 주문한다.

그래도 그중에서 가장 좋아하는 음식은 짭조름한 맛과 매운맛이 조화로운 라면이다.

내가 제일 좋아하는 라면은 육개장 사발면인데 예전에
유튜브에서 "역시 육개장은 겨울에 먹어야 제맛이지!"라
고 하는 걸 보고 정말 그런가 궁금해서 사계절마다 먹어
봤더니 정말 겨울에 먹은 육개장이 가장 맛있었다.

오늘도 라면 한 그릇을 뚝딱 다 먹고 말했다.
"아, 또 먹고 싶다!"

ⒸForeign

이우주 경기광주 역동초등학교 1학년

안녕, 나는 이우주야.
나는 여덟 살이야.
나는 피아노랑 바이올린을 배우고 있어.
그리고 나는 인절미 떡을 좋아해.

작가의 말

나는 여섯 살에 책 한 권을 썼다. 제목은 《병원은 무섭지 않아》였다. 나는 어른들을 볼 때마다 이렇게 말했다. "저는 여섯 살 때 책을 만들었어요!" 그러면 어른들이 깜짝 놀랐다. 그래서 나는 뿌듯했다. 우리 엄마도 좋아했다. 이 책은 나의 두 번째 책이다.

바둑 세상

나는 방과 후 수업에서 바둑을 배운다.

바둑은 월요일 1시에 시작한다.

그리고 5층 음악실에서 한다.

가방까지 메고 5층에 가면 무릎이 너무 아프다.

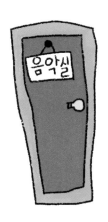

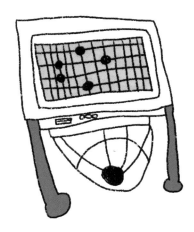

바둑 선생님은 남자다.

우리 선생님은 성격이 급해서 이렇게 말한다.

"빨리빨리 합시다.

시간이 없습니다."

나는 수업에서 매일 존다.

그 이유는 방과 후 수업에 너무 집중해서

눈이 돌덩이 같기 때문이다.

선생님은 어려운 숙제를 너무 많이 낸다.

(하루에 80페이지까지 했다.)

그래서 엄마가 깜짝 놀랐다.

이유라 용인 성복초등학교 1학년

나는 벚꽃이 가장 예쁠 때 태어났고 보라색쟁이야. 엄마가 안아줄 때 제일 행복하고 장난꾸러기 친구가 괴롭힐 때 제일 짜증이 나. 고양이를 너무나 좋아해서 어른이 되면 고양이 전문학교에 갈 거야. 그리고 고양이 교수님이 되고 싶어.

작가의 말

나는 일곱 살 때 최준후란 친구가 미웠다. 그 애가 장난 치고 잔인한 얘기를 했던 것이 너무 무서웠고 소름 끼쳤다. 책을 만들면서 그때가 떠올랐다. 그만큼 힘들었다.

민정

나의 첫 번째 베프

상연이는 나의 소중한 친구입니다.
네 살 때 만난 어린이집 친구지요.
처음부터 멋있다고 생각했어요.
우리는 버스에서 얘기도 하고
놀이터에서도 만났지요.

그런데 상연이가
작년에 다른 곳으로 이사를 갔어요.
그 뒤로 한 번도 만나지 못했어요.

지금 우리는 다른 초등학교에 다니는데
상연이가 많이 보고 싶어요.

책이 나오면 상연이를 만나서

이 책을 선물로 주고 싶어요.

"엄마, 상연이한테 전화하게 핸드폰 사주면 안 돼요?"
나는 정말 상연이가 보고 싶어요.

©김민정

이유준 용인 성복초등학교 1학년

게임을 조금 더 하고 싶지만 아직까지는 엄마 말씀을 잘 따르려고 해. 그리고 나는 엄마처럼 탐정 소설을 쓰는 작가가 되고 싶어. 가족을 제일 좋아하고 코로나 바이러스와 초미세먼지를 제일 싫어하는데 빨리 마스크를 벗고 야구장에 가서 가족사진을 찍을 수 있으면 좋겠어.

작가의 말

나는 원래 책 만드는 게 재미있을 거 같았는데 아니었다. 그래도 노력은 했다. 하고 싶은 말은 이거다. "엄마 아빠, 사랑해요."

엄마처럼 되고 싶어요

원래 내 꿈은
요리하는 경찰관입니다.

그런데 언젠가부터
엄마처럼
되고 싶었어요.

우리 엄마는 작가예요.

그래서 나도 엄마처럼 책을 많이 읽다 보니

더 작가가 되고 싶어졌어요.

《미래 탐정》 책을 쓰면서

결혼을 해서 딸을 낳고,

아이의 머리를 묶어 주고,

엄마한테 효도하고,

돈도 많이 벌고 싶어요.

"유준아, 정말 엄마처럼 되고 싶니?"

엄마가 웃으며 물으셨어요.

그럼요!

엄마 뒤를 이어서

내가 작가가 되면

우리 집은 진짜 진짜 즐거울 거 같아요.

정유주 성남 송현초등학교 5학년

안녕하세요. 성남 송현초등학교 열두 살 정유주입니다. 저는 동물에게 사랑을 주는 사육사가 되고 싶습니다. 책을 읽는 것도 좋아해서 재미난 이야기를 쓰기도 합니다.

작가의 말

안녕하세요 꼬마작가 정유주입니다. 저는 이 책을 쓰면서 '내 책을 사람들이 좋아해줄까? 재미없으면 어떡하지?' 이런 불안한 생각이 들었습니다. 하지만 글을 쓰다 보니 '사람들이 안 좋아해도 괜찮아. 내가 노력했으면 되는 거야.' 라는 좋은 생각이 들기 시작했습니다. 이런 생각을 하면서 그림을 그리고 글을 쓰니 그림이 더 잘 그려지고 글도 멋지게 완성되는 것 같았습니다. 저는 제 이야기를 독자분들이 재밌게 읽어주셨으면 좋겠습니다. 감사합니다.

독자분들이 이 책을 좋아하길 바라며, 정유주

©한은정

떡볶이는 정말 맛있어!

나는 떡볶이를 참 좋아해.
오늘도 떡볶이가 먹고 싶었지.

그러자 내 머릿속에서
내가 언제 떡볶이를
처음 먹었는지
번뜩 생각났어!

어렸을 때였어.
집에서 놀고 있는데 갑자기
엄마가 떡볶이를 먹자고 하시는 거야!
가족들은 다 찬성했어.
"어? 떡볶이가 뭐지?"
나만 그렇게 어리둥절했을 뿐이었지.

곧 아빠가 떡볶이를 사오셨고
가족들은 빙 둘러앉아 떡볶이를 먹기 시작했어.

나도 떡볶이를 먹어보았어.
그러자 내 입안에서 환상의 폭죽이 터졌어!

매웠지만
나는 떡볶이의 매콤달콤한 맛과
쫄깃쫄깃한 소리에 푹! 빠져버렸지.

나는 떡볶이가 너무 맛있어서
매일매일 떡볶이를 먹는
행복한 상상을 하게 되었어.

어릴 때 내가 무척 떡볶이를 맛있게 먹어서
지금도 떡볶이가 먹고 싶나 봐!

조여은 용인 성복초등학교 6학년

안녕. 나는 성복초등학교 6학년 조여은이야. 나는 리더가 되는 걸 좋아해. 그래서 올해는 전교회장이 되었어. 나는 뭐든 해보고 싶으면 도전해. 될 때도 있고 안 될때도 있지만 괜찮아. 그리고 난 아빠도 좋아해. 이다음에 크면 아빠와 함께 일하고 싶어. 그래서 내 꿈은 치과의사야.

작가의 말

처음 책을 만든다고 해서 기대가 컸습니다. 그런데 막상 글을 쓰려니 어떻게 써야 할지 막막했습니다. 하지만 김서령 작가님과 함께 글을 쓰고 책 만드는 다른 작업들도 하는 새로운 경험이라 좋았습니다. 이번 경험을 해보니 저는 다음에 책을 또 내고 싶습니다.

배

나는 지난가을에 배를 먹었다.

할머니가 배를 사오셨다.

할머니가 배를 깎아주실 때 나는 배에 대해서 여러 가지를 알게 되었다.

첫째, 배는 겉과 속이 같다.

비록 색은 다르지만 배의 겉과 속은 둘 다 까칠까칠해 보이고 실제로도 까칠까칠하다.

둘째, 배는 달콤하고 향긋한 향이 난다.

마치 제주도 귤처럼 말이다.

즙 = 즙

까끌 = 까끌

배　　배　　배

셋째, 배는 먹었을 때 아삭하고 즙이 많이 나온다.
배즙은 폭포수처럼 입안에 쏟아진다.

넷째, 배는 수박과 비슷하다.
물론 크기, 색깔, 향이 다르다. 하지만 배와 수박은 즙이 많은 것이 비슷하다.

다섯째, 배는 동음이의어가 많다.
배는 먹는 배, 타는 배, 우리 몸에 있는 배, 이렇게 동음이의어가 많다.

나는 배를 먹고 나서 더 많은 생각을 했다.
'더 먹고 싶어! 더 없나? 정말 맛있어. 배가 터질 것 같아!'

그리고 다음 날 나는 배를 또 아주 맛있게 먹었다.

(동음이의어란, 말과 쓰는 방법은 같지만 뜻이 다른 말로,
먹는 사과와 남에게 하는 사과가 있다.)

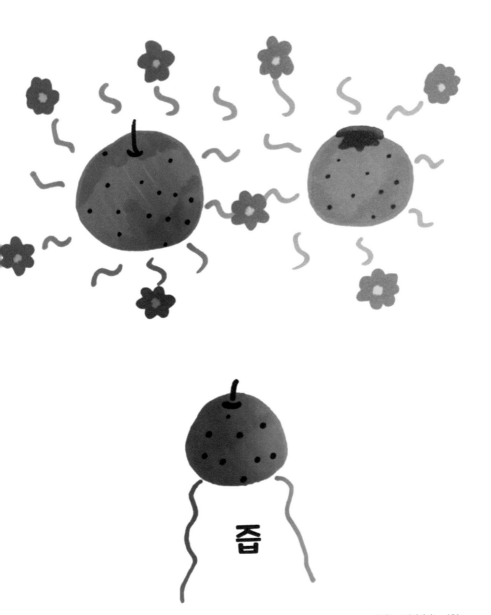

즙

조유하 용인 성복초등학교 1학년

안녕, 나는 성복초등학교 1학년 조유하야. 우리 집에는 형제가 많아. 나는 사남매 중 막내야. 아픈 어린이를 보면 안 아프게 해주고 싶어. 나는 소아과 의사가 될 거야.

작가의 말

처음에 글쓰기가 재미없었어요. 참고 계속해 보니 재미있었어요. 그림 그리기는 처음부터 재미있었어요. 책이 나오면 제일 재미있을 것 같아요. 전 작가가 되어서 너무 좋아요.

내가 제일 좋아하는 스파게티

나는 생일 때 스파게티를 가족과 먹었다.
우리가 먹은 스파게티는 엄마가 만든 것이다.
그 스파게티는 달콤한 향기가 났다.
스파게티를 먹을 때 후루룩 짭짭 소리가 났다.

나는 스파게티가 맛있었다.
먹으면서도 더 먹고 싶다는 생각이 들었다.
나는 스파게티를 먹고 나서 이렇게 말했다.

"스파게티를 먹으니 행복하고 좋아."

스파게티

나

조이손 용인 성복초등학교 1학년

나는 성복초등학교 1학년 조이손이야. 우리 집은 가족이 여섯 명이야. 그리고 물고기 얼룩이, 붕이, 소동이, 송이 네 마리와 육지거북이인 육뱅이 한 마리도 같이 살아. 사실 내가 공룡, 곤충, 동물을 좋아해. 작년까지는 곤충도감을 많이 읽었는데, 올해는 동물이 더 좋아졌어. 원래 곤충박사가 되고 싶었는데 할머니가 어렵대. 그래서 수의사가 되고 싶어.

작가의 말

저는 글 쓰는 게 재미있었어요. 우리 누나가 도와줘서 더 재미있었어요. 그런데 수업이 두 시간이어서 너무 길었어요. 하지만 수업이 끝나면 재미있었다는 기분이 들어서 신기했어요. 제 글이 책에 나온다니 너무 좋아요.

친구와 스낵면

엄마가 스낵면이랑 비빔면을 끓여 주셨다.
마침 친구 지안이가 왔다.
친구랑 같이 먹었다.

맛있었다.

호로록호로록 잘 먹었다.

음식을 먹고 나서 지안이에게 놀자고 말했다.

그래서 놀았다.

놀고 또 놀았다.

조하라 용인 성복초등학교 4학년

나는 성복초등학교 4학년 조하라야. 나는 노란색을 좋아해. 엄마가 두 살 때부터 좋아했다고 하는데 아직도 좋아. 온 세상이 노랬으면 좋겠어. 그리고 난 선생님이 되고 싶어. 아이들을 가르치면 재미있어. 난 쌍둥이 동생이 있어서 동생들을 많이 가르쳐봤거든.

작가의 말

기대하면서 책 만드는 수업을 들었지만 책 만들기가 계속 어려웠습니다. 글쓰기도 그림 그리기도 작가 소개도 작가 후기도 어려웠습니다. 하지만 이걸 다 해내서 제가 자랑스럽습니다. 나중에는 가족끼리 책을 만들어보고 싶습니다.

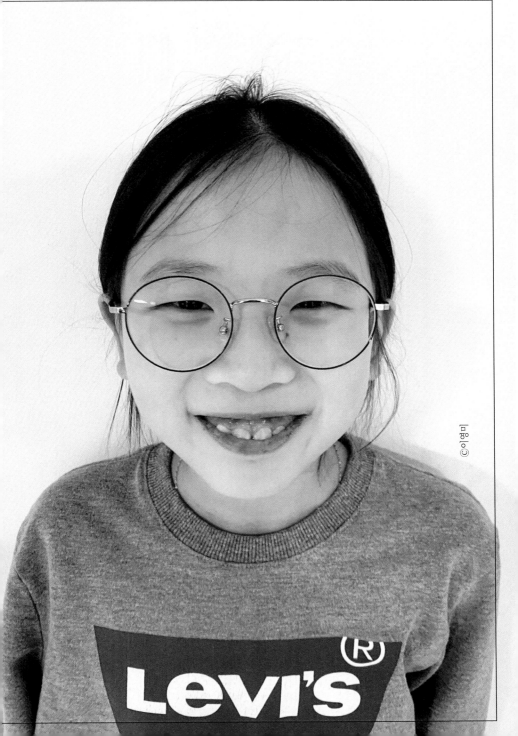

나의 쌀국수

　엄마가 점심으로 뭐가 먹고 싶냐고 물었다. 그래서 나는 내가 제일 좋아하는 쌀국수가 먹고 싶다고 했다. 엄마는 집근처에 있는 포메인에서 쌀국수를 배달 시켰다.
　'포메인에서 일하는 요리사는 어떻게 쌀국수를 엄청 맛있게 만들까?'
　나는 생각했다.

　쌀국수가 집으로 배달되니 고소한 냄새가 났다. 나는 빨리 먹고 싶었다.
　때마침 그때 친구가 왔다. 우리는 함께 냠냠짭짭 먹었다. 함께 먹으니까 더 맛있었다.

쌀국수를 먹고 나서도 또 먹고 싶었다.

아무래도 세계 최고의 요리사는 우리 동네 포메인 요리사인 듯하다. 맛있는 쌀국수 최고!

이 책을 내기까지

이 책은《꼬마작가 책 만들기 프로젝트》의 첫 작품집입니다. 어린이들이 한자리에 모여 글도 쓰고, 그림도 그리며, 책 한 권을 엮어내는 프로그램이죠. 문화체육관광부와 한국작가회의가 주관하는《작가와 함께하는 작은 서점 지원사업》의 일환으로 이매문고와 김서령 작가가 함께 기획했습니다.

끝나지 않은 코로나19 때문에 이 프로그램이 잘 진행될까 걱정이 많았습니다만, 바이러스라는 복병에도 꼬마작가들의 열기는 대단했고 1기의 책이 이렇게 멋지게 출간되었습니다.

4월 프로그램 첫날, 여섯 살에서 초등 6학년까지 연령 대도 다양한 꼬마작가들이 서점 내 마련된 문화공간을 빽빽이 채웠습니다. 책을 만든다는 것이 쉽지 않았을 텐데도 어린이들의 적극적인 참여로 5주 만에 이제 우리는 출간기념회를 준비하고 있지요. 뿌듯하고 흐뭇한 일입니다.

꼬마작가들의 멋진 꿈 한 조각을 이매문고에서 채울 수 있어 참 행복합니다. 더불어 꼬마작가들의 더 큰 활약도 기대합니다.

2022년 따스한 봄날에

이매문고 대표 전경자

꼬마 작가 책 만들기 프로젝트 001
우리는 꼬마 작가다!

ⓒ곽문규 곽보영 김도연 김유민 남예린 단예서 단예인 박경빈 박수빈 송시우 우다인
이소의 이시호 이우주 이유라 이유준 정유주 조여은 조유하 조이손 조하라 2022

발행	2022년 5월29일
지은이	곽문규 곽보영 김도연 김유민 남예린 단예서 단예인 박경빈 박수빈 송시우 우다인 이소의 이시호 이우주 이유라 이유준 정유주 조여은 조유하 조이손 조하라
지도	김서령
편집	오윤지
디자인	이시호
펴낸이	한건희
펴낸곳	주식회사 부크크
출판사등록	2014.07.15.(제2014-16호)
주 소	서울특별시 금천구 가산디지털1로 119 SK트윈타워 A동 305호
전 화	1670-8316
이메일	info@bookk.co.kr
ISBN	979-11-372-8274-2

이 책은 문화체육관광부와 한국작가회의가 주관하는
2022년 작은서점 지원사업의 일환으로 성남 이매문고에서 제작했습니다.